年輕的國王

The Young King

原著｜奧斯卡・王爾德　改寫｜黃筱茵　繪圖｜陳怡庭

步步出版

1

在加冕典禮前一天晚上，大臣們紛紛告辭離去後，年輕的國王獨自坐在他漂亮的房間裡。這位不過十六歲的少年深呼了一口氣，把身子倚在他的繡花沙發柔軟的靠墊上。他躺在那裡，

睜大眼睛、張著嘴巴，就像棕色的林地牧神，或是一隻剛被獵人捕獲的幼獸。

他確實也是獵人們找到的。當時他光著腳，手裡拿著笛子，跟在把他養大的窮牧羊人的羊群後，他也一直把自己想成牧羊人的兒子。原來，他母親是老國王的獨生女，父親則是個地位比公主低上許多的人——有人說這個陌生人吹奏出的

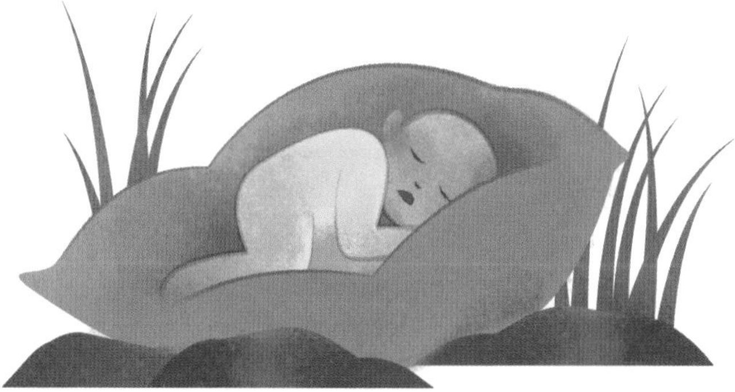

笛聲有魔力，讓年輕的公主愛上他；也有人說他是來自義大利里米尼的藝術家，公主非常器重他。後來他突然從城市裡消失，沒畫完的作品還留在大教堂裡。這個孩子還不到一星期大，就被人從睡夢中的公主身邊偷走，交給一對牧羊人夫妻照顧，這對夫妻自己沒有孩子，住在密林深處，從城裡騎馬要一天才能到達。不知道是像宮廷御醫宣布的悲傷過度，或是像有些人所說，公主喝了摻進香料酒的急性毒藥，她在醒來不到一小時內就死去了。在忠誠的僕人敲響牧羊人小屋簡陋的房門時，公主的屍體被葬在一處荒涼的教堂院子裡，據說一旁躺著另一具非常英俊的外地人屍體，那人的雙手被反綁，胸膛上滿是悽慘的傷口。

2

這至少是人們私下悄悄流傳的說法。可以確定的是：老國王在臨終前，也許是後悔自己鑄下大錯，也許是希望王國不要落到外人手裡，他派人去找回少年，當著大臣的面，承認少年為自己的

繼承人。

似乎就從少年被承認的那一刻起，他就對美產生了巨大的奇特熱情，這種熱情後來影響他這一生。曾經服侍過他的僕人經常提起：當他看到那些細緻的

服裝與貴重的寶石時，會開心的大喊，脫掉原本的粗皮衣和粗羊皮外套時，更是簡直欣喜若狂。

不過，他有時候的確也很懷念自己之前自由自在的森林生活，而且也很討厭佔去他每天大半時間的、繁瑣的宮廷儀式。

儘管如此，這座華美的宮殿被稱為逍遙宮，他是這裡的主人，這裡就像專門為了讓他開心而建立的新世界。只要他能從會議間或會客室逃出來，他就會立刻跑下擺著鍍金銅獅的臺階，從一間屋子踱到另一間屋子，又從一座走廊來到另一座走廊，彷彿想從美之中找到一帖止痛藥，或是治病良方似的。

這段時期流傳許多關於他的奇特故事。有位胖胖的市政長官表示：他見過少年國王充滿愛慕的跪在一幅剛從威尼斯送來的名畫前；還有一次，他失蹤了好幾個小時，後來人們在一間小屋裡找到他，他正痴痴的凝視著一塊刻有美少年阿多尼斯像的希臘寶石。

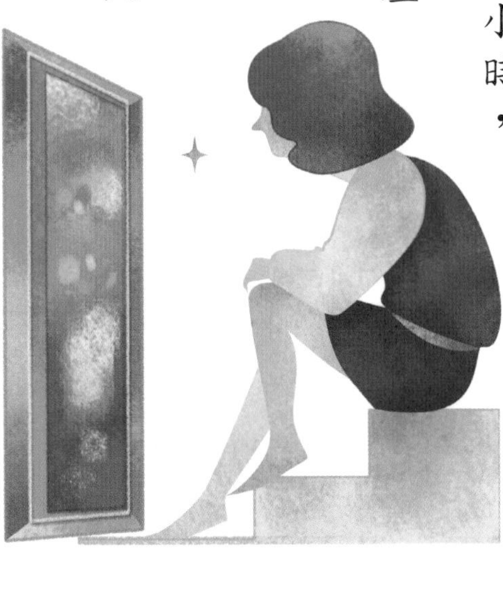

3

一切稀有的、昂貴的素材，對他都有莫大的吸引力，他迫不及待想得到它們。於是，他派出許多商人；有的被派到北海，向那裡的漁夫購買琥珀；有的到埃及，去尋找只有在法老王的墓穴

裡才有的綠寶石；有的去波斯，收購絲毯和彩陶；還有的去印度採買薄紗、有色的象牙、月亮寶石、翡翠手鐲、檀香、藍色琺瑯，還有羊毛披肩。

不過，他最魂牽夢縈的，還是加冕典禮時要穿的長袍。長袍是金線織的，配上鑲滿紅寶石的王冠，和掛著珍珠的權杖。其實，他今晚躺在沙發上想著的就是這個。這些東西都是由當代最著名的藝術家設計的，樣式早在幾個月前就呈交給他過目了。他下令要工匠不分晝夜的趕

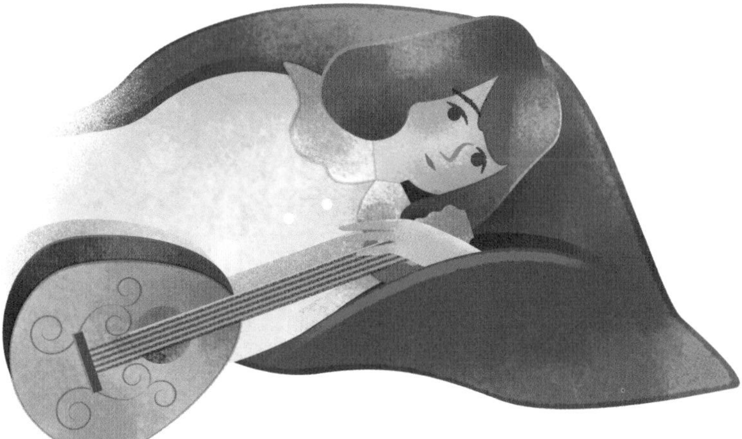

製，還差人走遍全世界，找尋能配得上他們手藝的珠寶。他在想像中看見自己穿著華貴的王袍，站在大教堂高高的祭壇上，他孩子氣的嘴唇上掛著笑容，眼睛裡閃爍著光采。

過了一會兒，他站起身來，環視著黝暗的屋子。牆上掛著代表美的勝利的華麗織品。面對窗戶的是一座別緻的櫃子，櫃子上擺著精美的威

尼斯玻璃高腳酒杯。絲綢床單上繡著淡淡的罌粟花，高大的象牙柱撐起天鵝絨的華蓋，華蓋上面大叢的鴕鳥羽毛宛如白色泡沫般向上簇升，一直延伸到銀色的天花板。

4

他看得見窗外
教堂的大圓頂，
哨兵無精打采的
在河邊霧濛濛的

陽臺上來回走動。他撥開前額棕色的鬈髮，拾起琵琶隨意撥弄琴弦。他的眼皮沉重得不得了，奇異的睏倦感襲來。

鐘樓傳來午夜的鐘聲時，他按了一下鈴，僕人進來，遵循繁複的禮儀，在他手上灑了玫瑰水，還在他枕頭上灑花。他們離開房間一會兒以後，他就睡著了。

他睡覺時作了一個夢，夢是這樣的：

他覺得自己站在一間長長的、低低的閣樓裡，四周盡是織布機敲擊運轉的聲音。微弱的光線透過一格一格的窗櫺透進來，他看見俯身在機器前的織工憔悴的身影。面有病容的蒼白小孩，蹲在巨大的橫梁上。每當梭子飛快穿過經線時，織工就把沉重的箱座抬起來；梭子一停下來，再

把箱座放下，把線壓在一起。他們的臉因為飢餓而變形了，纖瘦的手搖晃顫抖。房裡充斥著一種可怕的氣味，空氣沉滯，牆壁因為潮溼而不斷滴著水。

年輕的國王站在一位織工身旁看他做事。

織工憤怒的對他說：「你為什麼看著我？你是主人派來的間諜嗎？」

「誰是你們的主人？」年輕的國王問。

「我們的主人，」織工大喊：「他是跟我一樣的人。事實上，我和他的差別只在於他穿好衣裳，我卻一身破爛，我因為飢餓而衰弱，他卻飽得難受。」

「這是自由的國度，」年輕的國王說：「你不是任何人的奴隸。」

「在戰爭時代，」織工回答：「強者把弱者變成奴隸。在和平年代，富人把窮人變成奴隸。我們必須工作才能存活，他們給的工資卻要餓死我們。我們整天為他們做苦工，堆滿黃金的卻是他們的箱子。我們的孩子還沒長大成人就夭折了。我們榨出的葡萄酒，

卻讓別人品嘗。我們種植穀物，卻不能端上自己的飯桌。我們戴著枷鎖，儘管是無形的。我們是奴隸，雖然人們說我們是自由人。」

「所有人都是這樣嗎？」國王問。

「所有人都是這樣，」織工回答：「不論年輕或年老、男人或女人。商人壓榨我們，牧師騎馬從我們身邊走過，沒有人關心我們。可是這些事和你有什麼關係？你又不是我們其中的一分子。你看起來太快樂了！」說完，他就轉過身去，把梭子穿過織布機。年輕的國王看見梭子上織出的是一根金線。

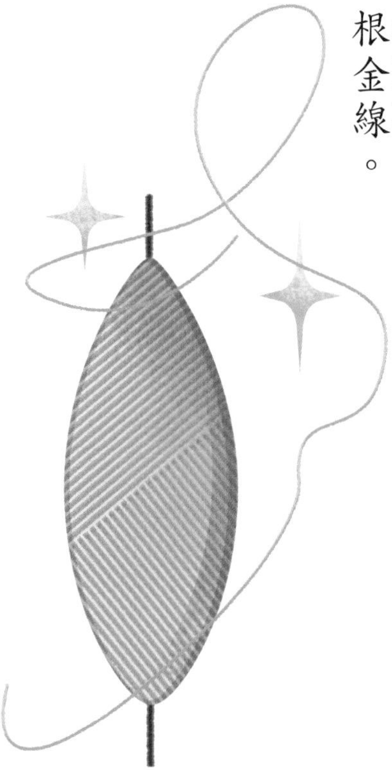

他心上湧現害怕的感覺。他問織工：「你在織什麼袍子？」

「是年輕的國王加冕時要穿的袍子，」織工回答：「這跟你有什麼關係？」

年輕的國王大叫一聲就醒了。天啊，原來他在自己的房間裡。透過窗戶，他看見蜂蜜色的大月亮正掛在晨曦的天空。

5

他又睡著了，再次作起夢來。夢是這樣的：他覺得自己躺在一艘大帆船的甲板上，一百個黑人奴隸划著船。船長坐在他身旁的地毯上，黑得像一塊烏木，綁著深赭色的絲綢頭巾。厚厚的耳垂上掛著銀製的大耳環，手裡拿著一座象牙天秤。

奴隸們除了一塊腰間的遮羞布以外，全身光溜溜，每個人都跟旁邊的人鎖在一起。炙熱的太陽射在他們身上，他們在通道上跑來跑去，被皮鞭不斷抽打著。他們伸出乾枯的雙臂划動水中沉重的船槳，鹽從船槳上飛濺起來。

最後，帆船來到一座小港灣，大家開始測量水深。這時，岸上來了三個騎著野毛驢的阿拉伯人，對他們投擲標槍。船長拿起一張彩弓，射中其中一人的咽喉。那人重重跌進海浪裡，另兩個同伴就疾馳逃走了。

黑人船員下了錨，拿出一座長長的繩梯，梯子綁著重重的鉛錘，船長把繩梯繫在兩根鐵柱上。

這時，船員抓住一個最年輕的奴隸，往他的耳朵和鼻孔裡灌蠟，還在他腰上綁了一塊大石頭。他疲憊的爬下繩梯，在海水中消失了。船上有人負責驅趕鯊魚，不斷敲擊出單調的鼓聲。

過了一會兒，潛水者浮出海面，喘著大氣攀在梯子上，右手拿著一顆珍珠。船員奪走他手中的珍珠，又把他拋進海裡。

他一次又一次從海中浮上來，每次手中都拿著一顆美麗的珍珠。船長秤好珍珠

的重量，就把珍珠放進一只綠色的小皮袋裡。

年輕的國王想說些什麼，可是他的舌頭好像黏住了。

潛水者最後一次從海中浮出，帶上來的珍珠，比歐瑪茲島所有的珍珠都還要美。它的形狀一如滿月，燦白更勝晨星。可是潛水者的臉

卻慘白無比，他一倒在甲板上，鮮血就從他的耳朵和鼻孔迸出。他發抖了一下，就一動也不動了。船員聳聳肩，把屍體拋出船外。

船長大笑，伸出手去拿那顆珍珠，他一看見珍珠，就把珍珠抵

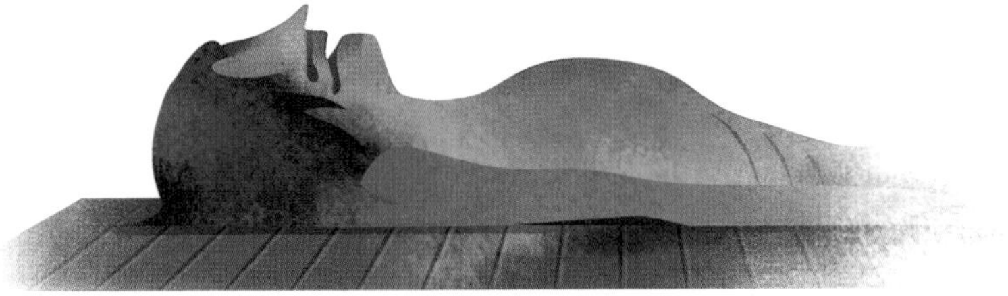

在前額，鞠了一個躬。他說：「它應該用來裝飾年輕的國王的權杖。」說完他就對船員做了一個手勢，示意他們起錨。

年輕的國王聽到這句話，大叫一聲醒來。透過窗戶，他看見黎明長長的灰色手指正在攫取即將消逝的晨星。

6

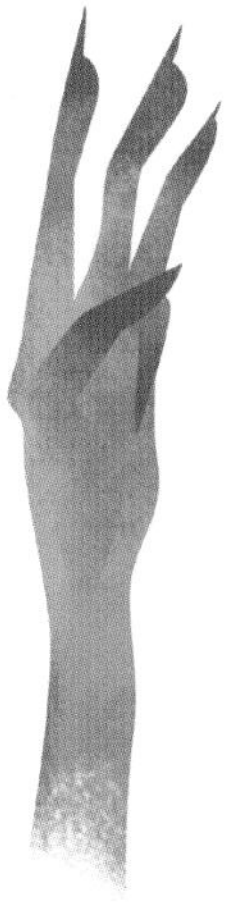

他又睡著了，作了一個夢，夢是這樣的：

他覺得自己正在一座陰暗的森林中徘徊，樹上掛著奇形怪狀的水果和美麗卻有毒的花朵。毒蛇對他發出嘶嘶聲，明艷的鸚鵡從一根枝頭飛到另

一根枝頭。巨大的烏龜躺在熱泥巴裡睡覺，樹上都是人猿和孔雀。

他走著走著，一直走到樹林邊緣，看見一大群人正在乾枯的河床上做苦工。他們就像螞蟻，湧到岩石上。他們在地上挖了許多深洞，還進到洞裡去。有些人用大斧頭劈開石頭，還有人連根拔起仙人掌，踏過鮮紅的花朵。他們忙來忙去，沒有一個人偷懶。

死亡和貪婪從洞穴暗處注視著他們。死亡說：

「我很疲憊。把他們當中的三分之一給我，讓我走。」

但是貪婪卻搖了搖頭。「他們是我的僕人。」

她回答。

死亡對她說：「你手裡拿的是什麼東西？」

「我有三粒穀子，」她回答：「那跟你有什麼關係？」

「給我一粒，」死亡大喊：「我要種在我的花園裡。只要一顆就好！然後我就會離開。」

「我什麼也不會給你的。」貪婪說，一面把手藏在衣服的摺邊裡。

死亡大笑。他拿起一個杯子，把杯子浸在池水

裡，當他把杯子拿出來時，杯裡長出了瘧疾。瘧疾走過人群，三分之一的人倒下死去了；她身後捲起寒氣，水蛇在她身旁竄動。

貪婪看見三分之一的人死了，就搥胸哭泣起來。「你殺死我三分之一的僕人。你快走吧！韃靼人山上有戰爭，雙方國王都在呼喚你。阿富汗人殺了黑牛，正準備作戰。我的山谷對你有什麼用？你快走吧！不要再到這裡來了！」

「不，」死亡回答：「除非你再給我一粒穀子，不然我是不會走的。」

貪婪握住手，把牙齒也咬得緊緊的。「我不會給你任何東西。」她自言自語的說。

死亡大笑。他撿起一塊黑色石頭，把石頭丟進森林。

密林深處的野生毒芹叢裡走出身穿火焰長袍的熱病。她穿過人群，觸碰他們，每個被她碰過的人都死了，她腳下踏過的青草也跟著枯萎了。

貪婪顫抖了，把灰燼放在自己的頭上。「你太殘忍了！」她大喊。「印度好多城裡都鬧著饑荒，蝗蟲從沙漠飛來，尼羅河也氾濫了。到需要你的人們那裡去吧，放過我的僕人。」

「不，」死亡回答。

「除非你給我一粒穀子，我才可能離開。」

「我什麼東西也不會給你。」貪婪說。

死亡再次大笑了。

他吹了一聲口哨，一

個女人從空中飛來，她的額頭上寫著「瘟疫」兩個字，一群瘦弱的禿鷹在她身邊飛旋。她用翅膀遮蔽整座山谷，沒有一個人能倖存。

貪婪發出尖叫聲穿過森林逃走了，死亡躍上他的紅馬疾馳而去，速度比風還快。

從山谷底的泥濘中，爬出許多龍和長著鱗甲的怪物，胡狼在沙地上跑著，用鼻孔嗅聞著空氣。

年輕的國王啜泣著問：「這些人是誰？他們在找什麼？」

「國王王冠上的紅寶石。」站在他身後的人說。

年輕的國王嚇了一跳。他轉過身去，看見一個貌似朝聖者的人，手裡拿著一面銀鏡。

他的臉色變得蒼白。他問：「哪個國王？」

朝聖者回答：「看這面鏡子。你會看見他的。」

他朝鏡子裡看，看見自己的臉，大叫一聲就醒了。

7

明亮的陽光流洩進房裡，花園樹上的小鳥鳴囀著。

宮廷大臣和文武百官進房來向年輕的國王行禮，侍者送來用金線編織的長袍，並且把王冠和權杖放在他面前。

年輕的國王注視著這些東西，它們比他這輩子見過的任何東西都還要美，可是他還記得他的夢，於是他對大臣們說：

「把這些東西拿走，我不會穿戴它們的。」

群臣都很驚訝，有些人還笑了，他們以為國王在開玩笑。

可是年輕的國王再次嚴肅的說：「把這些東西拿走，別讓我看見。雖然今天是加冕日，但是我不會穿戴這些的。因為這件長袍是在憂傷的織布機上，用痛苦蒼白的雙手織出來的。紅寶石的心是用鮮血染紅的。珍珠的心上有死亡的陰影。」

接著他告訴大家他作的三個夢。

大臣聽完他的故事，低聲說：「他一定瘋了，因為那只是夢，又不是真的。那些為我們做工的人的生命，與我們哪有什麼相關？難道一個人沒看見播種就不能吃麵包？沒有跟種葡萄的人交談過就不能喝葡萄酒了嗎？」

大臣對年輕的國王說：「陛下，懇請您拋開這些黑暗的想法，穿上這件美麗的長袍，戴上王冠吧！如果您不穿上王袍，人們怎麼會知道您是國王呢？」

年輕的國王問：「真的嗎？如果我不穿王袍，他們就不知道我是國王嗎？」

「他們不會認識您的，陛下。」大臣回答。

年輕的國王說：「我不穿這件長袍，也不戴這

頂王冠，我要像進宮時那樣走出去。」

他要大臣全都離開，只留一個侍者陪他。侍者幫他拿出皮衣和粗羊皮外套，這些都是他從前在山邊放羊時穿的，同時，他手裡還拿著粗糙的牧羊杖。

小侍者驚奇的說：「陛下，您有長袍和權杖了，可是您的王冠呢？」

國王折下一枝野荊棘說：「這就是我的王冠。」

8

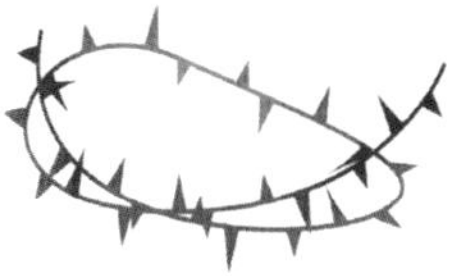

貴族都覺得很好笑。有些人還對他喊著：「陛下，人民等著見他們的國王，卻看到一個乞丐。」可是他一個字也不說，只是往前走下明亮的石階，登上坐騎，朝大教堂奔去。

人們都嘲笑他：「國王的小丑剛才騎馬經過了。」

他勒住馬說：「不，我就是國王。」接著告訴大家他作的三個夢。

一個人從人群中走出來，痛苦的告訴國王：「先生，您不曉得窮人的生活是從富人的奢侈中得來的嗎？是你們的罪惡為我們帶來麵包，可是

如果沒有主人可以服勞務，我們會更慘。您還是回到宮殿裡，穿上高貴的袍子吧。我們的痛苦和您有什麼關係呢？」

「難道富人和窮人不是兄弟嗎？」年輕的國王問。他的眼裡充滿淚水，騎著馬經過竊竊私語的人群。他到達大教堂門口，士兵舉起手中的戟對他說：「你來做什麼？除了國王，任何人都不許進入。」

他氣得滿臉通紅，對他們說：「我就是國王。」說完，就推開他們的戟走了進去。

老主教看見他穿著牧羊人的衣服，吃驚的說：「我的孩子，這是國王的服飾嗎？我要用什麼王冠為你

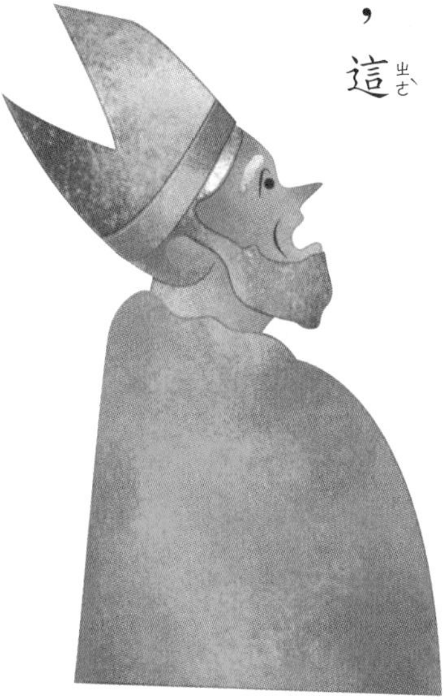

加冕？又該把什麼樣的權杖放在你手中呢？」

國王問：「難道快樂要用愁苦來妝點門面嗎？」接著就告訴主教他作的三個夢。

主教聽完三個夢，眉頭緊鎖的說：「孩子，我是個老人，見過這個廣大的世界裡許多邪惡的事物。兇狠的土匪擄走小孩；獅子伺機而動，準備吃掉駱駝；乞丐在街上遊走，與狗爭食。難道製

造出這些苦難的上帝還不如你聰明嗎？我不會
為你做的事讚揚你，你還是快點騎馬回到宮中，
穿上符合國王身分的衣服。不要再想那些夢了。
人間的愁苦太重，不是一顆心能夠承擔的。」

9

「你在這間屋子裡講這樣的話嗎？」年輕的國王大步向前，站在基督像前，跪下祈禱。

外面大街上突然傳來喧譁聲，一群衣著華麗的貴族走了進來。「那個作夢的人在什麼地方？這個穿得像乞丐的國王在哪裡？我們要殺了他，他不配統治我們！」

年輕的國王再一次低下頭去祈禱，然後轉過身悲傷的望著他們。

看哪！陽光透過彩繪玻璃照在他身上，光線為他織出一件金袍，比那件為了取悅他而編織的王袍更加華美。乾枯的木杖枝椏綻放的百合，比珍珠更潔白，就連荊棘也開出比紅寶石更為豔紅的玫瑰。

他身穿國王的服飾站在那裡，此處充滿了上帝的榮光。風琴奏出樂曲，唱詩班的孩子們齊聲吟唱。

人民都敬畏的跪了下來，貴族收回寶劍向他行禮，主教的臉變得蒼白、雙手顫抖。年輕的國王從高高的祭壇走下來，穿越人群。沒有一個人敢看他的臉，因為那是天使的容顏。

【導讀】

對這個世界的熱愛呀，至死方休

黃筱茵（童書翻譯評論工作者）

「我們都在陰溝裡，但有些人在仰望星空。」（"We are all in the gutter, but some of us are looking at the stars."）這句扣人心弦的話，來自王爾德著名的劇作《溫德密爾夫人的扇子》。話裡呈現出對人世間各種苦楚與不堪的

理解，卻也同時負載著某種渴盼救贖的期待與希望。

王爾德於一八五四年出生於愛爾蘭都柏林，是十九世紀英國偉大的作家與藝術家之一。他是一位才華洋溢、面貌多變的創作者，遊走在詩人、小說家、劇作家、散文作家，以及童話作家的身分間。他不僅十分多產，更是唯美主義運動的先鋒，倡導「為藝術而藝術」（“Art for art’s sake”）。王爾德號召文化應為其本身，而非為社會或政治服務。這種先進的思想，儘管為他博取了相當響亮的名聲與關注，王爾德卻一輩子與自我的理想搏鬥。他年僅四十六歲就過世，死時仍然苦苦企盼世人承認他是一位嚴肅看待自己藝術使命的藝術家。王爾德身後留下許多傳世名作，包括童話作品〈快樂王子〉、〈自私的巨人〉等……都值得一讀再讀、反覆體會箇中豐厚的意涵。

在〈年輕的國王〉這個故事中，王爾德藉由一位身世翻轉的年輕王位繼承人經歷的變化，讓讀者思考多個

重要的問題：擁有財富與權勢的人，就更有權利親近美的事物嗎？為什麼窮人就應該犧牲自我，成為富人的奴隸？高貴的心、體恤他人痛苦的心，無須物質的回報，就已經是自我的美麗冠冕了嗎？

這則故事用夢做為敘事框架，驚人的呈現皇宮內外富人與奴隸生活處境與生命意義的對比。故事詞藻華麗、情節層層推展、寓意深刻。讀者閱讀時，不免驚嘆作者竟然如此透徹的洞悉世間不同階級、背景的人們命運的枷鎖；更感覺靈魂被重槌擊中，既感嘆、又悲慟。藉由文字與意境鋪陳，讓畫面栩栩如生的在讀者面前上演，讓人見識到王爾德藝術世界強大的創造能量。

年輕的國王在襁褓時就被牧羊人夫婦收養，是個對美的感受力特別敏銳的人。作者賦予他的身分設定，本身極具巧思：從生活極度簡樸，到坐擁整座皇宮精采絕倫的藝術品與精緻的飾物，最後卻又恢復最質樸簡陋的樣貌。少年國王歷經心靈跌宕，體會到外在的華美事物，

如果必須以奴隸的血汗來換取，將成為殘害他人生命的媒介，一點兒也不值得擁有。

年輕國王的三個夢，描繪出世界不同角落，境遇未必相同，處境卻同樣堪憐的奴隸的勞動狀況。三個夢中的奴隸，分屬不同的族群：為國王紡金線的工人包括童工——「面有病容的蒼白小孩們蹲在巨大的橫梁上」，他們吃不飽，日以繼夜的操勞、被奴役，永遠戴著無形的枷鎖。為國王採珍珠的潛水者與划船的奴隸都是黑人；這些奴隸當中又有階級之分，一次又一次被其他奴隸抛進海裡採珍珠的最年輕的奴隸，耳朵和鼻孔被灌了蠟，一再潛進海底採珍珠，直到最後筋疲力竭死去為止。為國王尋找紅寶石的奴工，則被描寫成如同螻蟻般簡直可以成群被捻死的卑賤生命。王爾德在這一段描述中用力甚深的帶入了「死亡」與「貪婪」的角色。在這段敘述中，死亡與貪婪，搶著表明誰對奴工握有更大的掌控權。最後，在一來一往的較勁後，死亡的力量更勝一籌，

他甚至釋放了熱病、瘧疾與瘟疫，使萬物枯竭，整個世界一片荒蕪。

故事的結尾發人深省：年輕的國王在夢中看盡這一切後，清楚的表明他無意再用各種華貴的飾物與寶石，妝點自己的權杖與王冠。他堅持穿戴最初進宮時的粗糙服飾與牧羊杖，登基加冕。沒想到不只是守衛的士兵不認得他，就連許多貴族甚至主教，都希望他穿上準備好的高貴服飾。主教勸他：「不要再想那些夢了。人間的愁苦太重，不是一顆心能夠承擔的。」可是國王不應允，他堅持善良的信念與理想，堅決表示自己不可能將權力與享受，建築在弱勢者的痛苦上。他的善念得到了回應，陽光為他織就金袍，百合綻放，就連荊棘也開出紅豔的玫瑰。年輕的國王的臉龐啊，有著天使的容顏。

儘管一生起伏顛簸，王爾德一次又一次用他的故事，傾訴他的初衷與對這個世界近乎狂熱殉道者的愛。那種極力理解人世疾苦、死生與共的執著，在他不同的故事

裡，閃耀著不朽的光芒。

國家圖書館出版品預行編目（CIP）資料

年輕的國王 / 王爾德(Oscar Wilde)原著；黃筱茵改寫；陳怡庭繪圖. -- 初版. -- 新北市：步步, 遠足文化, 2020.11
面； 公分
注音版
譯自：The young king
ISBN 978-957-9380-72-0(平裝)

873.596 109015965

年輕的國王
The Young King

原著 王爾德 Oscar Wilde
改寫 黃筱茵
繪圖 陳怡庭

步步出版
執行長兼總編輯 馮季眉
編輯總監 周惠玲
總 策 畫 高明美
責任編輯 徐子茹
編 輯 戴鈺娟、陳曉慈
美術設計 劉蔚君

讀書共和國出版集團
社長 郭重興
發行人暨出版總監 曾大福
業務平臺總經理 李雪麗
業務平臺副總經理 李復民
實體通路協理 林詩富
海外暨網路通路協理 張鑫峰
特販通路協理 陳綺瑩
印務經理 黃禮賢
印務主任 李孟儒
發行 遠足文化事業股份有限公司
地址 231 新北市新店區民權路 108-2 號 9 樓
電話 02-2218-1417
傳真 02-8667-1065
Email service@bookrep.com.tw
網址 www.bookrep.com.tw
法律顧問 華洋國際專利商標事務所 蘇文生律師
印刷 中原造像股份有限公司
初版一刷 2020 年 11 月 初版三刷 2021 年 5 月
定價 260 元
書號 1BCI0011
ISBN 978-957-9380-72-0